LES AIDES

DE

PÈRE ET DE MÈRE

Edmond Leroy

IMPRIMEUR ÉDITEUR

Rue de l'Arbre-Sec N° 35

PARIS.

Tous droits de reproduction réservés.

LES AIDES

DE

PÈRE ET DE MÈRE

Edmond Leroy

IMPRIMEUR ÉDITEUR

Rue de l'Arbre-Sec N° 35

PARIS.

Tous droits de reproduction réservés.

I.

Les enfants Lebel sont cinq frères et sœurs ; Marie l'ainée ; Edmond ; Julien ; Henriette ; et Victor, le plus jeune, longtemps appelé Bébé.

Elevés avec soin par leurs parents qui considèrent l'éducation comme le devoir le plus difficile et le plus noble, ils sont tous animés les uns pour les autres et pour Père et Mère de le plus vive tendresse ;

Je ne cacherai pas, cependant, que la différence et la vivacité de leurs caractères amène quelquefois des orages ; mais ils sont de plus en plus rares et se dissipent rapidement ; la raison croissant avec l'âge les chassera pour jamais.

Témoins constants de l'activité développée par leurs parents dans l'exploitation de leur industrie, ils grandissent avec le désir chaque jour plus ardent de devenir les aides de Père et de Mère.

II.

Ils prétendent même déjà, et le plus jeune n'est pas le moins empressé, apporter au ménage et à l'établissement le concours de leur travail ;

Les filles se croient dans leur rôle en donnant un coup de main à la cuisinière ; Bébé les accompagne souvent ; on le voit ici émettre son avis sur la qualité des pommes destinées à la compote.

III.

Henriette a un goût prononcé pour le ménage ;
Elle aime à voir le linge, les meubles, les chambres, dans un état parfait d'ordre et de propreté.
Elle entreprend un jour de faire à Mère la bonne surprise d'un lavage complet du salon ; elle met Bébé dans la confidence,
Et les voila tous deux bientôt à l'œuvre ;
Je vous laisse à penser si mère a été heureuse de ce secours inattendu !

IV.

Pendant leur séjour chez Grand-père, dans la belle saison, les enfants jouent toujours au jardin ;

Bébé a vu Châtelin le jardinier arracher les mauvaises herbes et dégarnir les planches trop touffues ;

Il avise le carré des fraisiers où le sol disparaît sous un épais tapis vert émaillé de mille perles roses de la couleur des lèvres de l'enfant ;

C'est trop touffu, pense-t-il, et il se met à dégarnir en ayant soin de débarrasser de ses fraises chaque touffe arrachée :

Il travailla avec ardeur (car il aime à aider tous ses parents) jusqu'à l'arrivée de Grand-mère qui n'a rien dit ;

Mais c'est Grand-père qui n'était pas content ! ! !

V.

Grand-père permet qu'on aide à ramasser les fruits tombés ;

Rien n'égale pour Bébé le plaisir de trouver au pied des arbres les fruits cachés sous les plantes, entre les feuilles des choux, dans les salades ;

Un jour, Bébé avait en vain sondé au bas d'un prunier les replis les plus cachés de tous les légumes environnants ; la récolte avait sans doute été faite pendant son somme de midi par sa sœur Henriette qui aime aussi beaucoup à dénicher ;

Et cependant il brûlait du désir d'emplir sa petite voiture de fruits tombés ;

Il trouve un moyen ; il s'empare d'une longue gaule et en frappe de toute la vigueur de ses petits bras les branches les plus chargées ;

Grand-père l'aperçoit, accourt et lui rappelle sa défense de cueillir les fruits aux arbres ;

Bébé lui répond victorieusement :

» Mais, Grand-père, je les ramasse seulement par terre à mesure qu'ils sont tombés. »

VI.

Père et mère expliquent souvent aux enfants comment ils pourront plus tard se rendre utiles ;

Marie et Edmond proposent de prendre part dès maintenant aux travaux du bureau ;

Un soir, autour de la table ronde, chacun se met à plier d'après un modèle, de beaux imprimés sur papier bleu, rouge, vert, jaune ;

Tout se passe d'abord avec régularité ; mais après un bon quart d'heure de travail, et pendant une absence de Père, toute cette activité tourne à la fabrication de cocottes, de dadas, de bateaux et de chapeaux de gendarmes pour Bébé.

Père est heureusement bien vite accouru pour sauver le reste de ses circulaires.

VII.

Henriette toujours ennemie de la poussière, a remarqué que l'on battait vigoureusement la laine des matelats pour la nettoyer ;

Elle se propose d'appliquer le même procédé aux livres de la bibliothèque de Père ;

Elle parcourt tous les rayons à sa portée ; les livres dans lesquels Mère lit souvent des histoires, étaient en parfait état ; elle les laissa ; c'étaient les œuvres de Ratisbonne, de madame de Ségur, et la plupart des volumes de la collection Hetzel ;

Mais Henriette trouva comme abandonnés sur les rayons inférieurs une certaine quantité de livres auxquels on ne touchait jamais, même pour les épousseter.

C'étaient des feuilletons, des romans etc. etc. ;

Elle les met en tas au milieu du bureau et appelle Victor à son aide pour les battre avec soin ; ce qu'il fit tout de suite avec une grande canne.

Père intervint à propos pour interrompre le travail qui avait déjà enlevé la poussière et la couverture de quelques volumes ; mais pour ceux-là, Père dit qu'il n'y avait pas grand mal.

VIII.

Marie et Edmond apprennent à lire ; connaissant leurs lettres ils croient déjà pouvoir faire profiter Père de leur science ;

Il s'agissait de mettre sous bandes pour la poste des circulaires de diverses espèces adressées par des personnes de professions et d'états différents ;

Père avait dit : Les circulaires qui commencent par B seront pour telles bandes ; celles qui commencent par D pour telles autres etc. etc.

Marie et Edmond tinrent compte pendant quelques instants des recommandations de Père ; mais peu à peu leur attention se fatigua et ils se laissèrent aller à bavarder et même à se taquiner, en sorte que les bandes furent placées à tort et à travers sur les circulaires ;

Lorsque Père vint pour se rendre compte du travail accompli par ses aides, il ne fut pas peu surpris de trouver

à l'adresse d'un Bottier la circulaire d'un Notaire demandant un Clerc, *«Mon cher confrère, connaitriez vous parmi vos collaborateurs un clerc disposé à se présenter pour la place vacante en mon étude . . . . . . »*

à l'adresse d'un Notaire, la circulaire d'un Fabricant d'enseignes destinée au bottier *« Monsieur, si vous désiriez appeler l'attention sur votre établissement, je vous proposerais quelques enseignes peintes, avec emblèmes, ainsi;* A LA BOTTE ROUGE, A LA PANTOUFLE DE CENDRILLON . . . . . »

à l'adresse du jeune Comte de * * * propriétaire du château de * * * la lettre du garçon coiffeur en quête d'une place et offrant ses services pour l'entretien des perruques,

à l'adresse du Coiffeur, la proposition d'un graveur héraldique, de graver dans le goût le plus aristocratique ses armes, devises et titres de noblesse.

A la vue de ces étourderies, le pauvre Père fut désolé ; le chagrin de lui avoir causé de la peine au lieu de l'avoir aidé fut pour Marie et Edmond la plus dure des punitions.

IX.

Le soir, à l'exemple de Marie et d'Edmond, tous les enfants ajoutent à leur prière qu'ils font en commun,

Une prière particulière pour demander au Bon Dieu de leur donner bien vite la force et la sagesse nécessaires afin de devenir promptement les aides véritables de Père et de Mère.

Père et Mère leur expliquent qu'ils obtiendront ce qu'ils demandent s'ils le méritent par leur attention et leurs efforts soutenus;

Le Bon Dieu n'accordant la sagesse qu'à ceux qui cherchent à être sages;

Et ils ajoutent que ce serait à leur âge la meilleure manière d'aider leurs parents.

LES AIDES
DE
PÈRE ET DE MÈRE.

X.

Peu de temps après Marie entra au couvent et Edmond au collége ;

Julien suivit d'abord les classes de l'école ;

Quant à Henriette et à Victor ils restèrent pendant quelque temps la seule compagnie de Père et de Mère privés de leur ainés ;

Ils ne furent pas pour cela dispensés de travailler ;

Mère prit chaque jour sur ses occupations nombreuses le temps de leur apprendre à lire et à écrire ;

Henriette qui était douée d'une bonne mémoire pouvait même réciter des fables ; elle prit au couvent la place de sa sœur ;

Victor qu'on n'appellait plus Bébé et qui portait comme Père un grand pantalon, alla avec Julien rejoindre Edmond au collége.

XI.

Les années passent vite même en pension ;

Edmond qui a suivi les conseils de Père est devenu un bon élève et a obtenu des prix dans plusieurs facultés ;

Le moment n'est pas encore venu de le retirer du collége et de lui donner comme il le désirerait, une place dans l'établissement ;

Cependant, il se croirait capable d'y travailler au moins aussi bien que les jeunes ouvriers qu'il voit, pendant les vacances, occupés aux machines ;

Un jour, malgré la défense de son Père, il se faufila dans les ateliers, s'approcha trop près d'une presse en mouvement, fut saisi et entrainé par le volant ;

Il allait être broyé sans la présence d'esprit d'un conducteur qui put arrêter instantanément la machine.

XII.

Edmond avait terminé ses études classiques d'une manière satisfaisante et avait obtenu le diplôme de Bachelier-ès-sciences ;

L'étude de la philosophie et des mathématiques avait effacé le souvenir de l'accident dont il avait failli être victime quelques années plutôt en voulant diriger une machine ;

Il se croyait capable maintenant de diriger l'établissement de son Père ; n'ayant plus de leçons à recevoir de ses professeurs il s'imaginait n'avoir plus qu'à commander.

M. Lebel jugea utile de le laisser faire sa première expérience de la vie et lui confia, sous prétexte d'un voyage d'affaires, les pouvoirs de chef de maison ;

Edmond qui avait pris sa connaissance superficielle des procédés de l'imprimerie pour une science approfondie de la profession, apprit son erreur aux dépens de son amour-propre ; car ses ordres souvent inexécutables durent être sans cesse modifiés ou même retirés devant les observations douces mais persistantes des ouvriers habitués à une longue pratique ;

Il s'irrita un jour de ces observations continuelles et congédia un vieux contre-maître très-estimé de son Père :

M. Lebel arriva sur ces entrefaites, retint son ouvrier prêt à partir et s'efforça de faire comprendre à son cher fils que les études pour être profitables ont besoin d'être complétées par l'expérience des hommes et des choses.

XIII.

M. Lebel se décide à se séparer quelque temps d'Edmond dans l'intérêt de son éducation professionnelle ;

Il le conduit en Angleterre où il a obtenu qu'un de ses confrères l'admit dans son imprimerie, l'une des plus importantes et des mieux administrées de Londres.

Toute la famille accompagne les voyageurs jusqu'au bateau, et Edmond ne peut retenir ses larmes en s'arrachant aux tendresses de sa mère et aux vives démonstrations d'affection de ses frères et sœurs.

Chacun se console de la séparation dans l'espoir de voir au bout de quelques mois l'exilé reprendre sa place au foyer paternel.

XIV.

Edmond emploie consciencieusement son année d'apprentissage à étudier dans tous ses procédés et ses détails pratiques l'industrie de l'imprimerie ;

Le désir de répondre à la bienveillance de M. Printing, son patron, par une collaboration utile, stimule et soutient son application ;

Privé par son éloignement de la famille, de cette providence qu'on appelle l'amour paternel, qui entoure l'enfant depuis sa naissance, prévoit ses besoins et le secourt sans même qu'il le demande, Edmond se sentit d'abord comme abandonné, perdu, au milieu d'indifférents ;

Mais, peu à peu il s'habitua à compter sur lui-même ; et lorsqu'arriva l'heureux moment du retour dans sa famille, l'isolement et la réflexion l'avaient mûri et préparé à devenir un homme.

XV.

Les années qui suivirent apportérent à M. et Mad. Lebel la récompense de leurs longs efforts et des soins qu'ils avaient mis à l'éducation de leurs enfants

Ils trouvèrent enfin en eux des aides vraiment utiles et la source du bonheur et de la prospérité de la famille;

Marie, sortie depuis deux ans du couvent, partageait avec sa mère l'administration du ménage et consacrait ses soirées au travail que son père lui confiait:

Elle classait les dessins et corrigeait les épreuves des publications illustrées destinées à l'enfance.

Edmond secondait son père dans la direction et la surveillance des ateliers;

Quant à Julien, à Henriette et à Victor, ils étaient encore pensionnaires; mais leurs aptitudes se dessinaient;

Julien, vif, gai et hardi sollicitait déjà la faveur de voyager pour la maison ;

Victor, passionné pour la mécanique, était destiné, dans les prévisions de M. Lebel, à perfectionner l'organisation de l'établissement et à l'élever au rang des maisons les plus célèbres de la même industrie.

M. Lebel atteint de bonne heure d'une extrême faiblesse de la vue, résultat des travaux excessifs auxquels il s'était livré, fut privé dans les dernières années de sa vie de ces satisfactions extérieures, matérielles, qu'on recherche communément dans les richesses ;

Mais, la tendresse de ses enfants qui étaient devenus ses associés, le spectacle doux au cœur d'un père de l'amour fraternel qui n'avait cessé de les unir, et que la communauté d'intérêts resserrait encore, et pardessus tout les soins délicats et l'abnégation affectueuse de Madame Lebel, lui firent oublier les souffrances et les regrets d'une vieillesse prématurée.

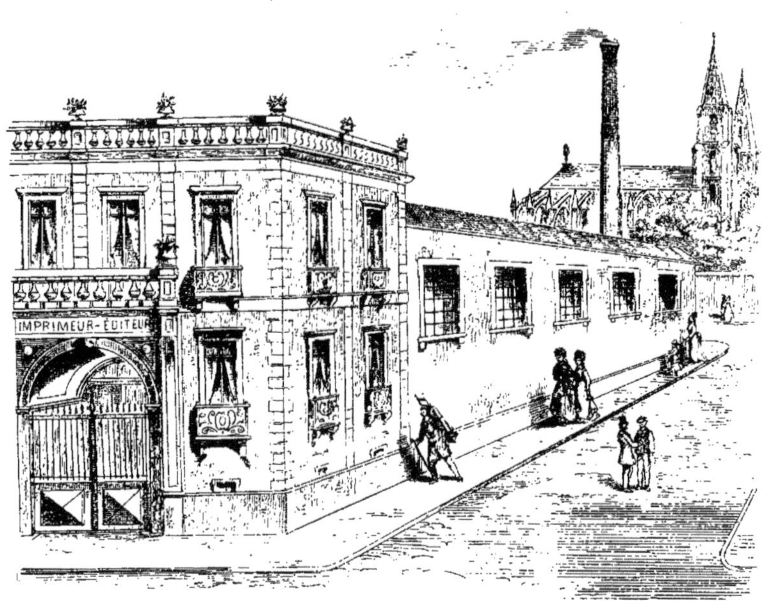

XVI.

L'établissement fondé par M. Lebel, qui avait atteint un haut degré de prospérité grâce à l'appui de sa famille et à la sympathie de ses nombreux amis, a été conservé par ses enfants; ils soutiennent dignement le nom respecté de leur père, et jouissent de toutes les satisfactions que procure aux hommes intelligents et laborieux une vie vertueuse et utile à eux-mêmes et à leurs semblables;

L'exploitation commune de leur industrie, loin de les diviser, les unit; ils se sont partagé la direction et l'administration suivant leurs goûts;

Et de fréquentes réunions entretiennent entre tous les membres de la famille cette vivacité et cette unité de sentiments qui fortifient sans cesse les liens de l'affection.

BIBLIOTHÈQUE NATIONALE R. F. IMPRIMÉS.

IMPRESSIONS ILLUSTRÉES

pour faciliter
L'ÉDUCATION & L'ENSEIGNEMENT.

Ouvrages publiés:

LES AIDES DE PÈRE ET DE MÈRE
(Un Volume in-8° 16 Dessins) 1 fr. 75

L'ALPHABET DE PETIT CHARLES
(Un Volume in-8° 25 Dessins) 1 fr. 75

Ouvrages en préparation:

Homère: Tableaux extraits de
l'Iliade.

Homère: Tableaux extraits de
l'Odyssée.

Virgile: Tableaux extraits de
l'Enéide.

Mythologie Grecque et Romaine
en Tableaux.

Imp: Edmond Leroy, rue de l'Arbre-Sec 35. Paris.

www.ingramcontent.com/pod-product-compliance
Ingram Content Group UK Ltd.
Pitfield, Milton Keynes, MK11 3LW, UK
UKHW021025120726
13693UKWH00005B/2204